杉田久女の百句

久女の真実

伊藤敬子

ふらんす堂

JN128138

目次

杉田久女の百句　3

久女の俳句と生涯の展望　204

初句索引　217

杉田久女の百句

花衣ぬぐや纏る紐いろ〳〵

大正八年作

1

まるで美しい色彩があふれ流れる映画のワンシーンのようだ。「女の句として男子の模倣を許さぬ特別の位置に立つ」と虚子評がある。

久女の代表句となったこの句は、実景としては百姓家造りの家の部屋の隅に衣桁があり、その衣桁に久女はイメージの中で花衣をかけて足元に紐を散らした。夫の実家のある小原村での一景であろうか。

花衣はお花見のために身にまとう着物。「紐いろ〳〵」とは、和服を着るときに用いる腰紐、だて締めなど四五本の紐のこと。その着物をぬぐとき、幾筋かの紐を身からはずすので足元に紐は纏る。この句を女性解放論へと飛躍させる論があったが、それは行き過ぎであろう。

夏雨に炉辺なつかしき夕餉かな

大正九年作

2

平成も終りに近い日本列島の夏は気温が四十度を超えるようになった。明治大正、昭和初期の文芸作品に書かれている夏の日常の過し方も現在とは完全に異ってきている。久女が生きた夏の気温はもう少し涼しかっただろう。雨が降れば気温は下がる。炉辺がなつかしい夕餉どきである。

夏、高原に避暑に出かけるとこんな思いを抱くことがある。

栗むくやたのしみ寝ねし子らの明日

大正七年作

3

小原村（旧愛知県西加茂郡小原村、現豊田市小原町）の山林では栗もよく実る。秋になると栗が実りましたという声も聞えてくるし、小、中学生に作句をすすめると栗にちなむ句を作ることが多い。この句は大正中期の作であるが、久女は小原村松名の杉田宇内の実家から栗が送られてきて、栗ごはんを炊くために栗の皮をむいている。明日は栗ごはんを炊くよと伝えると子供達はよろこんで楽しみにして寝る。栗の実は貴重で、身近に入手できる人の特権のような秋の木の実であった。

その中に羽根つく吾子の声すめり

大正七年作

4

ご近所の子達と羽根つきをして遊ぶ娘の昌子光子の姉妹。それを傍らで久女が見ているのである。お正月のかけがえのない風景として印象的だ。お正月らしくお手製の春着を着せて、華やかな帯に胸には筥迫《はこせこ》の鈴が鳴る。髪飾りのリボンも可愛らしい。一つ二つと数えるか、羽根つきの童歌か、声を合わせて歌っている中で、わが子の声は澄んで美しく聞えるのだ。母親としての久女の充足感が伝わってくる。

春潮に流るゝ藻あり矢の如く

大正十一年作

5

関門海峡の、例えば春帆楼の海べりに立つと、目前に海が広がっていて春潮をたたえている。春潮の季節、その藻の一片が矢の如く春潮に流される景に触発されての一句である。

即物具象の手法は、久女にとって確実に作句の手法として消化されていた。久女が見た情景が過不足なく見えてくる一句である。

「矢の如く」に久女の発見がある。

京都にて

探梅に走せ参じたる旅衣

昭和四年作

6

久女隆盛期の時代は、あちらこちらから吟行の誘いの声がかかったことだろう。探梅は、早梅を探って山野を歩き回ることで冬の季語であるから暮のころかもしれない。とにかく誘われたので馳せ参じた、その時のいでたちにあれこれと心をくだいたのかもしれない。冬着といっても旅衣として或る程度の華やぎも欲しい。そんな久女の女心も見える。「旅衣」のまま「走せ参じた」という表現に久女のはやる心が見える一句。

洛北詩仙堂　一句

きこえくる添水の音もゆるやかに

昭和四年作

7

今日洛北の名所として詩情豊かで且自然にも恵まれ、くつろぐことのできる庭園といえば詩仙堂であろう。江戸期、明治期の詩人、歌人、俳人も大勢訪れて作品を残しているのはよく知られている。久女も秋に詩仙堂をたずねた。「きこえくる」という上五のはじまりが巧みである。また「ゆるやかに」という措辞を通して久女が日常を離れてゆったりと心を解き放っている様子が伝わってくる。この季節、詩仙堂はさぞ紅葉が美しかったことであろう。

吹き習ふ麦笛の音はおもしろや

昭和四年作

8

青麦の茎の、一方に節のある中ほどを切って作ったものに息を吹き込むと笛のように吹き鳴らすことができる。それが麦笛。素朴極まりないその音が昔から愛されてきた。人工的な玩具はあまりない時代の、幼い子供達の遊び道具であった。その方法を友達から教えて貰って吹いても仲々うまく音が出ないのであるが、一つのコツを覚えるといろいろな音色を発するようになった。何ともいえない楽しさ。「吹き習ふ」という表現から自分自身であれこれを実験をしてみる、その苦心の程が見えてくる。下五を「おもしろや」とすることで句に広がりが出た。

水疾し岩にはりつき啼く河鹿

昭和十年作

9

私にとって岐阜県の養老の滝はおなじみの滝である。思いついて久しぶりに昨年吟行した。夏のはじめで川べりでは河鹿が啼いていた。蛙は啼くところを見たことがあるが河鹿は見たことがないので、どこで啼くのか川べりを見ると、滝壺を出てきた疾い水の飛び散るあたりの常濡れの岩にはりついていた。河鹿は美しい声で啼き出した。河鹿のころころと啼く美しい声と、光っている岩。きっと久女も、そんな風景をまのあたりにしたことだろう。

褄とりてこゞみ乗る幌花の雨

昭和六年作

幌付きの馬車か、人力車か。幌付きの車に乗る時、車の床は高さが30センチ以上はあるので和服のいでたちではちょっと大変である。二本の脚をいたわりながら身をかがめて乗る。その時に着物の裾を気使わねば脚が車の床に持ち上らない。

褄は着物のおくみの襟先から下のへり、またはその裾先のことで源氏物語「賢木」にもこの表現は用いられている。和服ではよく用いられる言葉である。

「花の雨」で、優美な景となった。

足袋つぐやノラともならず教師妻

大正十一年作

人口に膾炙した句である。大正の中期、大正デモクラシーの時代である。ノルウェーの劇作家イプセンの戯曲「人形の家」が話題となり人々の注目を集めた。主人公ノラが何一つ不自由のない生活をしておりながら自由になりたくて夫と子供を棄てて家を出るというストーリー。このドラマに触発されてできた一句である。久女のひそやかな思いにふれている一句である。

一つ付け加えるなら、戦後も昭和三十年以後、ナイロンが一般化して、日本中の家庭では女性の夜仕事の一つであった足袋つぎの必要はなくなった。

谺して山ほととぎすほしいまゝ

昭和六年作

久女の代表一句といえばこの句。雄渾な一句である。作者の強靱な筋の通った精神と、豊潤な詩のひらめきを感じさせる。この句のような高次の作品世界に至りつくには、かなりの努力と時間を必要としたことであろう。

下五「ほしいまゝ」を得るまで苦慮した久女は英彦山《ひこさん》に何度も登ったという。帰り道久女は白蛇を見てそこで霊感を得た。東京日日、大阪毎日新聞主催の名勝俳句に応募して第一席、虚子選であった。私も三回英彦山に登って、この句碑にまみえた。英彦山権宮司所有の訪問者帳に久女の署名があった。

橡の実のつぶて颪や豊前坊

昭和六年作

秋彼岸の頃となって、橡の実がはげしく降るさまを「つぶて颪」と表現した。要を得た表現である。豊前坊という固有名詞にも実によく合っている。のちに英彦山高住神社神官松養《まつがい》栄系氏発願により句碑になった（昭和四十四年五月）。

余談であるが、滋賀県の奥地に栃の木という地名があり大きな栃の木が何本もある。栃の実を生かした栃餅を江戸時代より名物として今日も売っている。橡は栃と同じである。

新茶汲むや終りの雫汲みわけて

大正七年作

八十八夜の一週間前に走り新茶が出る。その次に八十八夜の新茶が出て、それから一般の新茶が出て店頭に並ぶ。茶畠には寒冷紗をかけて霜除けとしたり、日照時間や温度の調節をはかったりして、出来るだけ良好のお茶を売り出すのだ。

新茶の季節になると日本人は新茶を贈り物にしたり、新茶特有の甘みを味わったりして季節を愛おしむ。下十二音の表現からこの句は煎茶、或いは日常のお茶であると思われる。下五の「汲みわけて」が新茶のおいしさを描き出している。

ホ句のわれ慈母たるわれや夏痩せぬ

大正七年作

大正七年の作。この時「ホトトギス」では鈴木花蓑と杉田久女が活躍しており、久女、最盛期の一句である。

俳句に手応えを得てきた久女の俳句への確信と、私は俳句に生きていくのですという意思の表明が「ホ句のわれ」となった。それと同時に私は慈母として二人の子供を育ててきて、この通り夏痩せしたのです、という述懐の句。

俳句に生きながら、夏痩せはしたものの家庭もしっかり守っている自己を客観視して、これでいいのです、という思い。久女のこの自信は以後の作品世界に大きく影響を及ぼしていく。

防人の妻恋ふ歌や磯菜摘む

昭和九年作

16

防人は辺境を守る人の意で、古代、九州北辺の警備のために、筑紫、壱岐、対馬などにおかれた兵士のことである。大化改新後制度化され諸国の壮丁が三年交代で出されたが、東国出身者がこの任に当った。平安初期には廃止された。彼らの詠んだ歌が数多くおさめられている万葉集を読んだ久女の見識の一端の表現である。久女自身は磯菜を摘みながら、防人の妻を思う歌を口ずさみ古へと追懐の情をかきたてている。防人を監督する役所は大宰府にあったという。九州には現在も防人の碑があることを過日たしかめた。

田鶴舞ふや日輪峰を登りくる

昭和九年作

田鶴は鶴の歌語。万葉時代すでにつるの語はあったが歌には使われなかった。「難波潟潮干に立ちて見わたせば淡路の島に田鶴渡る見ゆ」(万葉集一一六〇)久女には鶴を詠んだ句も数句あるが田鶴は多くはない。朝、太陽が峰の向うから上ってくる。そこへあたかも田鶴が舞ってきたという。すかさず一句にした。

　太陽が昇っていく状況をまことに美しく詠みあげた。勇壮な一幅の日本画を見るようで見事な一句である。

大島星の宮吟詠

下りたちて天の河原に櫛梳り

昭和八年作

七夕の一句である。澄み渡った夜空に帯のように無数の恒星の集まりが見えるのが天の河原。その天の河原に下り立って、自分の髪を櫛できれいに整える。主体は久女自身なのである。

久女のナルシシズムとイマジネーションを十分に生かした一句で、昭和の初期という時代にこのような自己の詞藻を育み、一句に完成させるということはたやすく出来ることではなかった。生得の輝やかしい詩質の発現をみせた一句である。

八幡製鉄所起業祭

かき時雨れ鎔炉は聳てり嶺近く

昭和七年作

鉄は国家なりという言葉がある。九州小倉に八幡製鉄所が建設され起業祭が行われた。その起業祭に当って文人俳人も招待された。そのひとり山口誓子は「七月の青嶺まぢかく熔鉱炉」と詠み、久女はこの一句を残した。接頭語「かき」を使って「かき時雨れ」とした。壮大な鎔鉱炉という当時の日本の工業の最先端の設備を見せてもらって大きな感動を得たことであろう。中七の「鎔炉は聳てり」に久女の現場で得たその思いが表出している。雄渾な一句である。

葱植うる夫に移しぬ廂の灯

昭和八年作

20

小倉中学の教師として多忙を極めていた久女の夫の杉田宇内を詠んだ。彼は小原村松名に育って東京美術学校（現東京藝術大学）へ進学してのち卒業後はすぐに教師となる。そのようなことに馴れているわけではないが、庭の一画に畠を作りそこへ宇内自らの手でもって葱を植えた。その行動を近くから見ていた久女だ。冬も近く日も暮れ易いので廂の灯が手元に届くようにと灯の角度を動かした。そんな思いやりを通して、平和な家庭の一風景が見えてくる。温かくやさしい一句である。

42 − 43

簀戸たてゝ棕梠の花降る一日かな

大正八年作

21

前書に「虚子先生御来関　下ノ関にて」とある。高浜虚子が下関を訪れて久女と逢った時の一句。久女二十九歳であった。

棕梠の花は六月ごろ咲くが、詠み難い季語の一つである。心臓のような形、黄色の泡のようなかたまりをした花房はほろほろと風にこぼれている。南国風のイメージだ。虚子に逢えたよろこびは大きい。夏座敷の簀戸をくぐってくる初夏の風も心地よい。

丹の欄にさへづる鳥も惜春譜

昭和八年作

「宇佐神宮」と題した五句連作の一句である。「うららかや斎《いつ》き祀れる瓊《ぎよう》の帯」「藤挿頭《かざ》す宇佐の女禰宜は今在さず」そしてこの句があり次に「雉子鳴くや宇佐の盤境《いはさか》禰宜ひとり」「春惜しむ納蘇利の面ンは青丹さび」などがある。久女は古典の中でも万葉集を読み万葉語を俳句に用いることにいろいろと苦心した。万葉語を生かしてこのような勇壮な一連の句をものにすることができたのである。作品に勁さが加ったことは久女にとっても大きな収穫であった。

惜春の情の微妙な肌ざわりが歳月を経ても変ることのない一句の中にとどめられた。

色褪せしコートなれども好み着る

昭和四年作

戦前の女性のいでたちといえば和服がほとんどであった。先進的な女性達が洋服を着て仕事に就くということもあったが、ほんのわずかでしかなかった。多くの場合なじみの呉服屋が取りしきっていて、各家庭へ反物を持ち込んで注文をとったのである。夢のように美しい色どりの反物ではあったが、染色の技術は現代ほどでなく色は褪せやすかった。好きなコートであれば色褪せても着る久女。好みは紫いろであったようだ。

わが蒔いていつくしみ見る冬菜かな

大正七年作

24

庭畑に花を育てたり、野菜を育てたりして家庭を守り、妻として母として生きてきた久女の日常を見せている句である。そんな久女は、精神に異常をきたしているなどという風評にさらされた久女とは無縁の存在のように思える。この句には、土に種を蒔いて種が芽を出し芽を伸ばしてくるのをいつくしみながら見つめている久女がいる。

夕顔に水仕もすみてたゝずめり

昭和四年作

久女は朝顔も好きであったが、夕顔も好んで育てていたようである。大正から昭和初期の久女の活躍期、心中もおだやかに夕顔に向き合っている。この時代花の種類も多くはなかった。夕方、夕食の準備も出来て、ほっと一息つきたい久女。中七「水仕もすみて」の措辞からは、省略をすることもなく一つ一つていねいに家事をしたのち、一息つきながらたたずむ様子が見える。幸せな日常を見つめる俳人久女がいる。

大嶺にこだます鶴の声すめり

昭和七年作

26

「大嶺」は久女が住んでいる小倉に近接する山の、英彦山であろうと考えられる。鹿児島にはなべ鶴が避寒の為にかなりの数渡ってくるという。英彦山の山頂を声を発しながら鶴が飛翔していく様を一句にした。優美な風景を鶴たちが声をあげつつ渡っていく。鶴の細く澄んだ声に久女は心を奪われてじっと見守っている。どっしりとある大嶺への愛着も絶ちがたいものがある。

春寒や刻み鋭き小菊の芽

大正八年作

小菊の芽は冬の間も寒気にひるむことなくしっかりと直立している。そして先端の芽のあたりには菊の芽特有の美しい小刻みの模様が入っている。私たちの目からすれば、全く何のこともない日常の庭の風景である。だが久女によってこのように詠まれると、小菊の芽の生命感に気づかされる。春寒の中で育っていく小菊の芽の姿がまことにいじらしくさえ思われる。

姉より柔らかき布団贈られる

ふわと寝て布団嬉しき秋夜かな

大正九年作

一日の三分一の時間を睡眠に当てている人間にとって布団という寝具はおろそかにできない。久女は姉上から柔らかな布団を贈ってもらったというのである。やさしいお姉様の愛が嬉しくてたまらない久女の幸せそうなかんばせが見えてくる。初五「ふわと寝て」という表現にそのよろこびの心情がよく出ている。秋灯下に拡げられた布団、それは美しい色彩の緞子の布団であったかもしれない。

襟巻に花風寒き夕べかな

昭和四年作

29

花の頃というのは天候の変化も甚しく、暖かくて油断していると、寒気がやってきたり、雨となったりする。そのような天候にきたえられて花は一週間以上も咲き継ぐこともある。

桜の季節はあたたかくても、夕暮時より急速に冷えて行く。そんな一夕に、桜を見たいという強い思いの久女は、襟巻をして花の下に立った。やはり風は冷たかった。が、「花風」の一語がこの一句に桜のもつはなやかさを呼び起こす。

揖斐川のつゝみの蘆芽雪残る

昭和八年作

木曽川、長良川、揖斐《いび》川の木曽三川は中部一級河川であり、この三川が濃尾平野をうるおしている。その三川のうち伊吹山、養老山脈に近い川が揖斐川であり、久女がこの「揖斐川のつゝみ」を通った理由ははっきりしないが、この道を通うこともあったのだろう。蘆が芽吹く早春、伊吹山には雪が残っている。前方にははるか白山が見え、乗鞍岳も御嶽山も山頂に雪を被て聳っている。

春帆楼三句の一

晩涼や釣舟並ぶ楼の前

昭和四年作

春帆楼《しゅんぱんろう》は下関にあるふぐ料理の店として有名であり、百三十年の歴史がある。季語の晩涼は夏の季語であるが、すでに秋も近づく頃、春帆楼の前に立っての吟であろう。春帆楼の前に広がるのは関門海峡。義経が舞い、平氏が滅亡した。巌流島では武蔵と小次郎が闘った歴史絵巻のかずかずの場面が見えてくる。眼前には釣舟が並んでいる、という昭和初期の景。春帆楼には歴史上名を成した多くの人物が訪れている。伊藤博文、山縣有朋、桂太郎、渋沢栄一、後藤新平、高橋是清、犬養毅、西郷従道、北里柴三郎、新渡戸稲造、野口英世など。

玄海の濤のくらさや雁叫ぶ

大正八年作

32

玄界灘は、小倉の久女の住いからそれほど遠くはない。その玄界灘が濤をたたえて黒く光って見える。灘のいろは時間によって変化して見えるといわれる。秋になると雁は北国から列をなして渡ってくる。叫ぶという表現から、数多くの雁が鳴きながら群れなして渡ってゆく様が見える。玄海は寂寥をたたえて暗く横たわっている。スケールの大きい壮絶な一句である。

遊船の提灯赤く揺れあへる

大正十一年作

33

「遊船」は納涼のために海や川に船を浮かべて遊ぶことであり、夏の季語である。提灯を灯して船窓の上方に吊る。船の揺れにともなって提灯が赤く「揺れあへる」さまはなごやかではなやぎもあり、船客の声も聞えてくるようである。いくつかの歳時記に「遊船のさんざめきつつすれ違ひ　杉田久女」が掲載されている。江戸時代、隅田川では船を浮かべて涼をとった。川開きの折などには人々は涼を求めて大いに賑やかであったという。熊本の江津湖での作と前書する。

活くるひま無き小繡毬や水瓶に

大正七年作

34

小手毬の花（現代では小繡毬の表記はあまり使われない）は落葉低木で観賞用に植えられる。白色五弁の小花が房状につく親しみのある春先の花である。小手毬の花を手に入れてきたので花器に活けようとしたが、時間がなくて水瓶に水を張ってその中にとりあえず放り込んだのである。上五から下五へかけて一挙に詠み下すことによって、スピード感を伴ったワンシーンが再現された。

大嶺に歩み迫りぬ紅葉狩

昭和七年作

深耶馬渓という前書のついた嘱目句六句のうちの一つ。北九州小倉に住む久女にとって大嶺というのはやはり英彦山であろう。石　太郎さん（久女の孫）に聞いてみると、英彦山へよく紅葉狩に行ったということを母昌子さんから聞いていた、と教えてくれた。英彦山へは何回も登った。ほととぎすの句を作ったのもその時の所産であった。英彦山社務所に参詣者の署名簿があり久女の署名がいくつもあったことを太郎さんは確かめている。昨年訪れた私も署名させてもらった。

「歩み迫りぬ」に、久女らしい気魄がある。

船板に東風の旗かかげ飛びにけり

大正七年作

島ぐに日本では、大正から昭和も四十年位までは陸上交通につぐものは海上交通ではなかったか。今日では空路の発達のおかげで世界は近隣のように近くなった。久女は鹿児島の生れ。父の台湾への赴任に伴っていったことなどを考えると、幾たびも船に乗ることがあったろう。旗ではなく「船板」の「旗かげ」に目を止めた久女である。「東風の旗かげ飛びにけり」で「東風」を具体的に詠出した。

軒の足袋はづしてあぶりはかせけり

大正八年作

37

戦後七十余年の月日が経過した。戦後の日常生活の中で家事を軽減してくれた功労の一番大きなものは洗濯機の出現であった。特に洗濯をしてすすいだあと、しぼるときに遠心分離機を考えたことは文字通り革命であった。久女の時代はちがっていた。足袋を軒に干しても乾ききらないので、火にあぶって乾かしてはかせたというのである。

わが子にはかせたのであろうか、「はづして」「あぶり」「はかせけり」と、一つ一つの動作を丁寧に詠んでいる。久女の家事に向き合う姿にふれることのできる一句。

ぬかづけばわれも善女や仏生会

昭和七年作

38

仏生会の作品として愛誦されている一句である。「ぬかづけばわれも善女や」の表現をとった久女の心持ちとしては、自分のことがかなり悪評をもって論じられているという思いがあって、「私もこうしてぬかづけばみ仏の前ではみ仏に認められた善女です」という気持を一句にしたものであろう。巷間に流布するつくりあげられた久女のイメージや、真実も知らないで勝手な風評を流すことへの久女自身の思いを一句にした作品なのではないか。句集に「無憂華《むゆうげ》の木蔭はいづこ仏生会」「灌沐の浄法身を拝しける」ともに三句が並ぶ。最後の句は小原の地に句碑となった。

戯曲よむ冬夜の食器浸けしまゝ

大正十一年作

ノルウェーの作家イプセンの書いた戯曲「人形の家」は大正期、大正デモクラシーの時代に翻訳されてわが国の近代文学の発展に拍車をかけた。早々と目ざめた人たちの間で話題となり引張りだこで読まれた。久女が読んでいたのもイプセンの戯曲か。戯曲を読み出したら次々と場面が変るので、途中で止められない。とにかく全篇読み切ってしまうまで他のことに手がつけられない。冬の夜はしんしんと更けてゆくのに、食器は水に浸けたままである。久女の心にある文学への思い、単なる主婦にとどまることのできないその情熱の一端がうかがい知れる一句だ。

われにつきゐしサタン離れぬ曼珠沙華

大正十一年作

40

「われにつきゐしサタン」とは強烈な自意識である。そのサタンがわれを「離れぬ」というのである。久女の精神のはげしい葛藤を思わせる一句である。

曼珠沙華の火のような赤さがその葛藤に拍車を掛ける。

風に落つ楊貴妃桜房のまゝ

昭和七年作

今年も日本中天候に恵まれて、桜は花期も長く多くの人を楽しませてくれた。しかし山桜、染井吉野の他はあまり見る機会がなかった。掲句の「楊貴妃桜」は現代でも極めて数が少い。

楊貴妃桜は八重桜で色も濃く華麗であり、久女が好んだ桜である。ここでは「風に落つ」とまず上五におき、「房のまゝ」とその落ちた状態を詠んでいる。楊貴妃桜が持つ豊かな量感を詠出した。久女の才能を感じさせる一句である。小倉の公園の一角に句碑となっている。

むれ落ちて楊貴妃桜尚あせず

昭和七年作

42

楊貴妃桜は日本にはあまり植えられていなかったのではないか、と孫の太郎さんは語る。久女の詠んだ楊貴妃桜は、台湾で見た桜にまちがいない、という意見であった。太郎さんは忙しい身の上でありながら、作品の作られた場所を追っかけて旅をしている。

台湾に咲く楊貴妃桜は花も大きく花房も重たくてぼたと落ちるというのだ。花は落ちても薄紅のいろも濃くて、すぐには色あせないとか。写生の利いた句である。

笹づとをとくや生き鮎ま一文字

大正九年作

43

笹の葉のみどりは生魚とのとり合わせに、和菓子の色彩と雰囲気の引き立てに、お寿司の包装にと重宝がられ用いられる。

釣りあげたばかりの鮎を笹の葉の数枚にくるんで貰った。笹の包みを解くと新鮮で姿の美しい生き鮎が現われた。「ま一文字」という思い切った言い方で生き鮎を表現してみせた。時代が移っても生き鮎と笹は素晴らしい出合いの二物である。

昌子よりしきりに手紙来る

春愁の子の文長し憂へよむ

昭和七年作

44

久女の長女、昌子さんからの手紙が届き、開いて読んだ久女の思いである。思いを伝えるためには手紙を書くという手段しかなかった時代である。離れ住む娘たちは身辺のことをいろいろと書き綴って送ってくる。久女も筆まめでいろいろと返事を書いて慰めてやる。そんな母と娘のこまやかなやりとりが手に取るように理解される。下五「憂へよむ」の表現に久女の母親としての思いやりのあれこれが想像できる。

炊き上げてうすき緑や嫁菜飯

昭和五年作

久女の句の日常吟のよろしさは、現代の目から見ても新鮮でよく整っていることである。この句も歳時記の嫁菜飯の項にとりあげられている。「うすき緑」に何とも食欲がそそられるではないか。

青菜を茹でて細かく刻み、塩を少々振って炊きたての飯に混ぜる。油菜の他に、蕪や大根の葉や小松菜を刻んで用いることもある。その昔は田楽に菜飯を添えたという。自給自足の、手をかえ品をかえて食材としたころのごちそうだったのであろう。今日ではほとんどお目にかからない。

訪れて山家は暗し初時雨

昭和八年作

小原村の杉田字内の実家を訪れた久女の印象句であろう。現豊田市小原町は令和の今日でもさほどは変っていない。人々の人情も厚く、教育にも熱心で、広くはない山あいの耕地を耕して米を作り、野菜を作って日常を暮している。昭和八年、久女にとっては晩年に近い日、松名の旧家といわれる大きな山家を訪れたのだ。山ふところへの日照時間も限られている。ふと裏山から初時雨が降ってきた。北九州小倉の海辺の開放的な明るさの日常に馴れている久女である。改めて、実家の暗さに驚いたのである。「初時雨」がさびしさを呼び起こす。

故里の藁屋の花をたづねけり

昭和四年作

小原村松名の杉田家の家は藁葺屋根の大きな家であった。尾張地方では濃尾地震の時みんなひどい目にあったので藁屋を好んで建てたという話をきいたことがある。藁屋根は軽いのでたとえ地震で倒壊しても被害は少くて済むというのかもしれない。杉田家の木造の大きな家は、杉田宇内亡きあと売却された。同じ村の住人が買い取って今も住んでいるというその家を過日見せて貰った。

松名の坂の左手に、大きなしだれ桜の老木があって、今年も立派に花をつけた。先日、孫の太郎さんはわざわざ東京からこの花を見に来たそうで、その写真を一枚送って貰った。

浅間曇ればば小諸は雨よ蕎麦の花

大正七年作

久女の父方の実家赤堀家は松本にあったので、久女も父の祭事には数回松本を訪れている。その折に小諸へ廻ったのであろう。浅間山は小諸にも近く軽井沢にも近い。久女には憧れの地の一つであったかもしれない。信濃路では、八月から蕎麦の花が咲く。久女の目に映った風景を想像するだけでも楽しい。

令和の今日にあって、大正時代から変っていない浅間山の美しい山容である。「蕎麦の花」の白さと雨にけぶる小諸、詩情のある写生句となった。

岐阜提灯うなじを伏せて灯しけり

昭和八年作

久女の作品には、一句の表現に於て面輪を伏せたり、やや下を向いている横顔の女の姿があったり、うなじを伏せたりして女らしい仕草を詠んでいるものが多いように思える。女性をそのように描くことは十九世紀初頭に洋画に用いられた表現方法であるが、久女は知っていてその方法を俳句に用いたのかも知れない。夫宇内のサジェスチョンがあったかもしれない。盂蘭盆会に亡き人の為に吊る岐阜提灯はそれ自体淋しくて美しい。身をかがめ、うなじを伏せてろうそくに点火するその姿に、亡き人への思いがただよう。

東風吹くや耳現はるゝうなゐ髪

大正九年作

東風が吹くと、まだまだ寒いがようやく春がきたことを実感する。心もなごんできて戸外に出ることも多くなる。東風は結構強いので、髪をもてあそばれる思いが強い。

「うなゐ髪」とは子供の髪をうなじで束ねたもの。東風に吹きあげられて、これまで髪にかくされていた耳朵が露わとなった。東風に吹かれるやわらかな髪と子供のまっ赤な耳朵、春先の一瞬の景を一句にした。

灌《かん》沐《もく》の浄《じよう》法《ほつ》身《しん》を拝しける

昭和七年作

愛知県豊田市松名町の杉田邸敷地内に、昭和五十九年十一月十日、昌子さんの手により建立された句碑に彫られた俳句である。等身大の観音像もある。この句をこのゆかりの地の句碑のために昌子さんが選ばれた。句碑建立の日私もお招き頂いて参列した。紅葉の美しいおだやかな日であった。昌子さんの母久女に対するお気持がこの句を選ばせたのであった。興味本位から発した幾多の暴言、面白半分に狂人扱いまでされてしまった久女。売るための久女論のかずかず。

久女の孫の太郎さんは現在も時折小原松名へ来て久女を慰める。先日も杉田邸の今年の紅葉を見る為に訪れたと電話をもらった。

入学児に鼻紙折りて持たせけり

昭和六年作

次女光子さんの入学式の朝の作句らしい。久女は長女昌子さん次女光子さんの二人を育てた。

いとし子が小学校へ入学する朝は、母親は自分が入学するようにうれしく緊張する。何でも一人でできるかしらとか、みんなと一緒に行動できるかしらとか、先生によばれたらはっきりお返事できるかしら、とか。持ち物は、鼻紙は、と問いながら持たせたという心くばり。全く平凡なことがらの句であるが、久女の母親としての愛、あたたかい心を読みとって読者もほっとする一句。

春の夜のまどゐの中にゐて寂し

昭和六年作

春の灯を囲んで集まる家族団らんは、家庭あってこその雰囲気であり、家族が心をうちとけていろいろ語り合うことは誠に楽しい。肉親同士の、心の緊張も解けてほっとする一刻は人間にとって必要である。友人同士の語り合い、親戚縁者の語らい、句友たちとの句会のあとの語らいなどいろいろあるが、久女は「寂し」を結語とした。この表現には、低俗な話題に入り込めないか、要求度の高さが孤立感を深めたか、久女の心底を推しはかることはむずかしい。あるいは、覚醒した人間のもつ不幸か。

虫干やつなぎ合はせし紐の数

昭和四年作

盛夏の一日に行うので「虫干」は夏の季語となっている。本来は秋の方が空気も澄み湿度も低くなって、つまり乾燥が衣服にとって必要なのではないかと思うが、大正時代の夏は現代より湿度が低かったにちがいない。昔、私の幼い日には座敷に紐を張り渡して、その紐に簞笥から出した着物を次々と掛けたことを思い出す。

現代ではあまり見られなくなったが、久女の時代はよく行われていたのだろう。「紐の数」の表現から久女はきっと衣装もちだったのであろう。美意識の高い久女故に美しい着物がつぎつぎと干されていったであろう。

雛愛しわが黒髪をきりて植ゐ

昭和六年作

55

お雛さまを飾るのは、女の子の無事な成長を願う親心から発したものでかなり古く江戸期以前より行われていたと思われる。京都冷泉家にその歴史を語る雛人形がそのまま保管されているのを少し前に見せて貰った。

久女のこの作品に詠まれた雛もかなり古く大正初期のものであったらしい。防虫剤も今ほど効果的ではなかっただろう。お雛さまは衣装も髪も虫に喰われやすい。雛祭も近づいた日、出してみると、黒髪の一部が欠落。そこで久女はすかさず自分の黒髪を切って、雛の頭にのりで植えたというのである。やや妄執的な久女のナルシシズムの一端を垣間見る一句だ。

仮名かきうみし子にそらまめをむかせけり

大正七年作

56

長女昌子さんが小学校一年位の頃、仮名書きの練習をさせた時の様子を一句にしたものであろう。この時代、母親が子供に仮名書きをさせるのは進歩的であった筈だ。

仮名書きをすることに飽いた子に、こんどは気分をかえてそら豆の莢をむかせた。そら豆の厚い莢をむくことも子供の小さな掌にはむずかしい仕事であるが、興味を覚えて次々とむいていった。子供の変化を見とどけて、これでよかったと思う母親のやさしい目が、ほほえましくさえ思われる一句である。平仮名表記を多くしたのは、子どもとの時間の密度の濃さの演出か。

みがかれて櫃《ひつ》の古さよむかご飯

昭和三年作

57

零余子《むかご》は秋になるとやまのいもなどの葉のつけ根に生ずる珠芽のこと。そのむかごばかりを集めて米と一緒に炊き上げたのが野趣のあるむかご飯である。

最近では料亭でも秋になるとこのむかご飯が出るので、ひなびた家庭料理の一端だけではなく秋の風趣の一品となった。久女は、むかご飯を炊いて櫃に移した、その櫃は杉の板を用いたもので、年季も入っているようだ。毎日その櫃はみがき洗うので杉の木目も浮かび上ってきた。上十二音の表現に久女の生活感覚をよみとることができる。

秋晴や絽刺にこれる看護人

大正九年作

58

久女は恙で身体を休めている。看護人は知人か知人の紹介か。その看護人は上流か、上流を知る女性であろうか。看護人としてこまごました身のまわりの世話も一段落したのであろう。時間の合い間手持無沙汰の一時、おもむろに絽刺《ろざし》をはじめたのである。その細かい絽の一目一目を色糸をもって埋めていって、絵を画くように色彩豊かに面が出来上っていくのを久女は眺めている。ふと窓の外に目をやれば、一点の曇りなき秋晴だ。

絽刺をした美しい袋を私も持っているが、良き時代の優雅な暮しを思わせる一品である。

露草や飯噴くまでの門歩き

昭和二年作

露草の藍いろを帯びた紫色は独特で殊に美しい。早朝に露を帯びて咲く。露の文字をもらって咲くゆえに可憐な花である。

朝早く、久女はかまどに向ってご飯を炊く。薪を燃やし、火力を加減して炊くのである。薪が点火して順調に火力を上げるとの予想がつけば安心。かまどに付いていなくてもご飯は炊けるので門歩きをしたのだ。そして露草に出会った。露草の射すくめるような青に目の覚めるような思いがする。そしてやがて炊きあがるふっくらとした白いご飯。秋の朝のはじまりを一句に詠んだ。

大輪の藍朝顔やしぼり咲き

昭和三年作

久女の朝顔に対する関心度は高かったようである。大輪の朝顔が咲いた。しかもその藍いろの朝顔はしぼり咲きなのである。久女のまことに素直な驚きが一句となった。

動詞を使わずに、前半はア行の韻を、後半はイ行の韻を効果的に用いた。

朝顔や濁り初めたる市の空

昭和二年作

朝顔は早朝に開く。朝顔の花の原種は紺いろであったが最近ではバイオテクノロジーによる研究も重ねられて多彩になり、大ぶりに、しぼりに、と交配を重ねて新種が毎年出てくる。しかしその種を取って咲かせると、数年のうちに原種に還る、というのは血のかなしさでもあるかのようだ。この句の朝顔は勿論紺いろであろう。早朝、垣根か支え木かにからまって咲く朝顔に目をやっている久女。そのかたわらで市街が目覚めていって人々の往来も徐々ににぎやかになり、車の音や電車の音も加わってくる。町の空も騒音で濁ってゆくようだという意。久女が住む小倉といえば日本の基幹産業を担う八幡製鉄所のある町である。

かな女様来訪、十月振りの来訪とぞ嬉し

秋雨や瞳にこびりつく松葉杖

大正九年作

大正も末期ながら女流俳人といえば、星野立子、長谷川かな女、中村汀女、杉田久女たちが活躍していた。九州小倉に住む久女。あとの三人は東京に住んでいた。女流俳人としてねんごろな交流がなされていたことであろう。十ヶ月振りにかな女が訪ねてきてくれた。秋雨の中を松葉杖を使って歩くかな女。松葉杖をつきながらも来訪してくれたかな女の友情の深さに感激した久女である。しみじみとした思いをもってかな女と語り合ったことだろう。「瞳にこびりつく松葉杖」という措辞にかな女の痛ましさを見つめる久女の思いがにじむ。

琵琶湖

舳先細くそりて湖舟や春の雪

昭和四年作

早春の琵琶湖を訪れて舟に乗り吟行した折の句であろう。琵琶湖の西に連なる比良比叡の山なみはおだやかで湖との対比も美しく、古くから詩人の心をとらえて止まない風景である。若狭、敦賀にも近く、春になっても雪に見舞われることが多い。久女の乗った舟の舳先が細くそっていたというからには数人乗りの舟であったようだ。細くそった舳先に春の雪が降りかかる。詩情ある景である。

現代ではかなり大型の客船が用意されていて、竹生島や白鬚神社など絶景のパワースポットといわれている。

葉鶏頭のいただき躍る驟雨かな

大正九年作

正岡子規の「鶏頭の十四五本もありぬべし」を私は愛誦するが、鶏頭、葉鶏頭は江戸時代末期からよく絵の題材にもされている。葉鶏頭は、鶏冠のいろを受け継いで大ぶりの葉をうち重ねて、獅子頭を振っているような豪華さがある。

雁の渡ってくる頃にきれいに色づくので、「雁来紅《がんらいこう》」ともいう。紅や黄にと美しく色づいた葉鶏頭に折しも驟雨が襲ってきた。驟雨の強い雨粒を受けても動じない。ただ雨粒が葉鶏頭の天辺で躍っている。

虚子の写生理論を実践した一句である。

虚子先生歓迎句会　下の関公会堂

春の灯に心をどりて襟かけぬ

大正八年作

高浜虚子が下関へ赴くという情報が流れて〝虚子先生歓迎句会〟が計画された。久女もそこへ参加するために俳句の準備をする。と同時に何を着て行こうか大問題であったにちがいない。やがて着て行くものも決まって春灯のもとで襦袢の襟を掛け替えている。その襟は、上質な白の塩瀬のものであったかもしれない。中七「心をどりて」によって久女の虚子にはじめてまみえる心の躍りようが見えてくる。

茄子もぐや日を照りかへす櫛のみね

大正九年作

庭の一隅に畑を作り野菜をいろいろと育てていたであろう。かつて私も九州小倉の杉田邸の跡を訪れ、その庭に立ったことを思い出す。

大正時代、自給自足の生活は日本の家庭においてはごく一般的であった。杉田家でも庭隅に植えた茄子が実をつけたのだ。久女はさぞかし嬉しかったにちがいない。庭に出て茄子をもぐ、その時自分の髪に挿している櫛のみねに日が射した。その櫛のみねが日を照りかえしていることに気づいた。それをそのまま一句にした。

縁側に夏座布団をすゝめけり

大正七年作

最近は、日本家屋といえどもすっかり大きな変化をきたしてきた。まず昔ながらの縁側はほとんど無くなった。私の家も縁側は無く濡れ縁を広めに作ってもらった。大正時代の久女の家にはもちろん縁側があった。

縁側に夏座布団を運んできて、気のおけない来客にすすめるのである。どういう来客へのもてなしであったかは何一つ言っていない。俳句の簡潔さが生かされてすっきりとした一句となった。

玄海に連なる漁火や窓涼み

大正七年作

現在の日本列島のあちらこちらでは海岸線が埋め立てられて、海は遠のいてしまった。北九州境町に住んでいた頃、久女の家は玄界灘を見はるかすことができて、夜は漁火もちらちらとまたたいているところが見えたという。

冷房もなく風鈴や団扇を使って夏をやり過ごした時代。窓辺に寄れば、はるかに広がる玄界灘が見える。涼しい海風が来る。夜には美しい漁火も見えるのである。

久女にとって玄界灘の海は、日常の暮しにおいてきっと親しいものだったにちがいない。

函を出てより添ふ雛の御契り

大正七年作

函にしまわれていた雛人形を函から出し、雛を包んでいた薄紙をはがして台の上に立たせる。そして男雛女雛と並べるとき、雛は命があって自らの意志で相並びより添って、御契りを交わしているようだという。

想像を飛躍させて雛にいのちを与えたのである。大胆な久女の感性。

山馴れで母恋しきか三日月

大正九年作

前書に「松名にある昌子をおもふ」とある二句のうちの一句。初五「山馴れで」は、山の生活に馴れることができなくて、の意味ととれる。その頃昌子は小原村松名に来ていて父宇内としばらく一緒に暮らしていた。小倉にあって久女は「山家暮しに馴れることなく、母私を恋しがっていることであろう。三日月が美しく夕空に浮び上った。松名の杉田家からもこの三日月は見えているにちがいない」と思いやる。久女の娘を気づかう母情の見える一句である。

秋来ぬとサファイア色の小鰺買ふ

昭和十年作

色に対する表現に「サファイア色」を用いたところは久女の抜群の感覚だ。現代でも宝石のいろを一句の中にうまく活かせる人は多くはない。小倉に旦過《たんが》市場があり久女はこの市場に行っていつも魚を求めたと、孫・太郎さんの言。

秋が来たな、と思いながら魚屋の店頭に歩をとどめると、小鯵が目に入った。サファイア色にかがやいている。そうだ、このサファイア色をしている小鯵を買おう、と決断した。今なお新鮮な感覚をたたえている一句である。深い海の色がすなわち秋の色なのだ。

茸やく松葉くゆらせ山日和

大正九年作

小原村松名の素封家といわれる杉田宇内の実家は、小原村全域におよぶ山を持っていた。その山は現在はゴルフ場になっている。昌子さんから、山を売って欲しいと乞われて売ることにしたという話を聞いた。

久女はまだ健康であった頃、松名の裏山で茸狩をしたのであろう。松葉をくゆらせて山中で取ってきた茸を焼く。今日では出来ない山日和の過し方の一つである。松葉のくゆる匂いと草が日を浴びて発する匂いがないまぜとなって、香しい。なんと贅沢な時間であろう。

故里の小庭の菫子に見せせむ

昭和十年作

「故里」は小原村松名のことで杉田宇内の故郷。久女も時折訪れて滞在した。小原松名の豊かな大自然は久女をくつろがせた。久女は松名の杉田邸の庭で菫を見つけて摘み、昌子や光子にと小倉まで持って帰って見せた。松名の杉田邸には菫がたくさん植えられていたという。現在も咲いているようだ。

久女の母性愛は一方ならぬものがあった。

冬晴の雲井はるかに田鶴まへり

昭和十年作

74

鶴は秋になると北の国から飛来してくる。避寒の為であり、雁や白鳥なども同じである。

鶴は丹頂などが留鳥として北海道に棲息。九州の鹿児島へ来るのはまな鶴やなべ鶴で田へ降りるので田鶴というのであろう。その田鶴が冬晴の高空をめがけて舞い上った。やがて春になって帰って行く田鶴への惜別の情が久女の心情の底にあるのだ。田鶴はただひたすら冬晴の空を舞っている。

菊薫りまれ人来ますよき日かな

昭和二年作

菊薫るよき日に長女昌子さんは石　一郎さんと結婚なさった。前書に「長女昌子嫁入りす」とある。やがて、長男太郎が生まれた。孫の太郎は久女と直接会っていない。ともあれ自分の娘が嫁ぐ朝、母親は最高に忙しい。親戚のお客の応待に、披露宴の心使いにあわただしい一日があっという間に過ぎてしまう。「まれ人来ますよき日」の表現に久女の母親としての忙しいながらも泰然自若たる様子が見える。そして菊の香りにつつまれた昌子さんの美しい花嫁姿も見えてくる。

咲き移る外山の花を愛で住めり

昭和十年作

久女にとっては晩年の一句といってもよいだろう。若き日、中年の頃の日々をふり返る。とにかく精一杯働いて妻の座、母の座を生き、二人の子どもを健康に立派に育て、命をかけて俳句にも力を注いだ。数多くの俳句を作った。ホトトギス同人削除の一件以来、俳人として苦しい日々も過ごしてきた。この年の桜はもう見に出かけることもなく、外山の花、遠桜をはるかに眺めて暮した、という述懐であろう。しかし花を愛でる心は失っていない久女だ。

早苗束投げしところに起直り

昭和十年作

77

今日では農業もすっかり機械化されている。田の面に水を入れて地面をならしたあとは田植機に早苗の箱を積んで、その箱から順序よく田の面に早苗をおろし一線を保って美しく植えていく。早苗束を投げて手植するところは、山奥の猫のひたいのような変形の田の一枚一枚でしか見ることはできない。

掲句、投げられた早苗束が田の面へ達してその地点に立ち直ったという瞬間を見とどめた。久女のまさに写生の眼のいきている一句。

松本にて

高嶺星見出てうれし明日登山

昭和十年作

78

山嶺の上に大きく輝いている星の一粒。それを見とどめた登山者はどんなに嬉しく希望が湧いてくることであろう。下五の表現から、登山者はきっと登山宿にまで来ているのだ。明日は好晴まちがいなし、と心躍る思いなのであろう。明日はあの峰に立つことができるという期待をもって夜空の星を見つめているのだ。久女は登山家であったわけではないが山には限りない愛着があった。

竜胆も鯨も摑むわが双手

昭和十年作

大正から昭和初期を生きた久女は、何もかも自分の手で為さねばならなかった。美しい竜胆の花を買って花瓶に活ける。魚屋へ行けば鰯も鯵も鯨の肉も買ってきて自分の手で料理をしなければならない。そんな「わが双手」を見つめる。いとおしいともたくましいとも。はればれとした久女の自己愛である。

菊干すや東籬の菊も摘みそへて

昭和八年作

80

菊の花びらを摘んできて日に干し乾燥させる。布の袋をこしらえて、その中へ干し上った菊の花をおさめて最後の一端を縫いあげる。即ち白絹の袋の中へ菊の花の干したものをつめる。これが菊枕である。夜寝る時に用いる枕であるから、かなりの量の干し菊が必要である。

東の籬に咲いた菊の花も一緒に干す。漢詩にも詠まれている東籬の菊は、籬に育てられて、由緒も深い。久女の見識を見せた一句。朝の日射しも十分に浴びて均整のとれている菊の花である。

ひろげ干す菊かんばしく南縁

昭和八年作

菊の枕をこしらえる為に菊の花を摘んできて、縁側に広げて日に干す。太陽の陽に当てて乾燥させる。その効果をあげる為には、南に面した縁側に布か、紙を敷き、その上に摘んできた菊の花をひろげる。使うのは白菊ばかりで、かなりの量を必要とする。日に干した白菊の枕は、久女を夢幻的な空想の世界へと誘ってくれるであろう。久女はこの菊枕にかなり執着していくつも作ったようである。

タラバ蟹を買ふ　二句の一

大釜の湯鳴りたのしみ蟹うどん

昭和九年作

前書から想像すれば小倉の魚屋で買ってきたタラバ蟹を茹でたということであろう。とにかく大きな蟹である。家中で一番の大釜に水を張って沸騰させる。そしてたぎり鳴る湯の中へ大きな蟹を投入して茹でるのである。蟹の殻は硬いのでかなりの時間をかけないと心配である。その茹で上るまでの時間をたのしんだ久女。情景も見えてくる明るい一句である。

常夏の碧き潮あびわがそだつ

昭和九年作

久女は鹿児島で生れ、父の赴任について行って台湾で育った。当時台湾は日本の統治下での体制が整えられていく時代であり、久女の父はそれに当っていた。久女の少女期の思い出の句である。台湾は亜熱帯独特の温度と湿度がある。先年私も実際に台湾の地を踏んで体感した。常夏の国で、山に育つ樹木も早く育って太い。海には碧き潮が押し寄せて明るい。大自然は人間を許容する。大らかに育てられた久女の少女期を知ることのできる一句ということができる。

海ほほづき口にふくめば潮の香

昭和九年作

海ほおずきとはアカニシ、テングニシなどの巻き貝の卵嚢のことで、穴をあけてほおずきの実と同じように、口に入れて鳴らして遊ぶ。しかしこのごろではもう見ることのできない海ほおずきである。過去の遺物というべきか。

久女はこの海ほおずきを台湾の浜辺で口にふくんだのであろうか。海草に類似しているような思いもあって、口にふくむと潮の香がしたという回想の句。誰もがなつかしさをよびさまされるような一句。

砂糖黍かじりし頃の童女髪

昭和九年作

砂糖黍はイネ科の常緑多年草で茎は直立している。この茎を搾って砂糖を取るが、砂糖になる成分を含んでいる甘い液をたくわえており、歯で噛むと甘い汁が出るので、何もない頃はおやつにこの茎をかじって空腹をいやしたという人の声もある。久女も砂糖黍をかじった日があった。その頃の私はオカッパの髪型も可愛らしかったという、砂糖黍に触発されて思い出し昔日をなつかしんだ一句。

ひとでふみ蟹とたはむれ磯あそび

昭和八年作

幼少期は鹿児島で育ったので、久女は、浜辺にちらばっているひとでなどの棘皮動物をこわがることもなく、また砂浜を這っている蟹とたわむれて磯あそびをした。少女の頃の思い出は年を経ても忘れられず、回想の一頁としてふっとよみがえる。

幼少期から久女の内にはこのように詩心がはぐくまれていたのである。

松の根の苔なめらかに清水吸ふ

大正七年作

歳月を経た松の根元には苔が取りつき、その苔は地面にも張りついている。そこへ天然の湧水が沁み込んでいく。苔は、古木や湿地、岩石の表面などを好む。

現在も見ることができる愛知県豊田市小原町の杉田家の庭園の一景であろうと思われる。迫る山に抱かれるように建てられた大きな家、その家の庭の前方やかたわらには松をはじめとした木々が植えられ、一箇所には自然湧水の泉がある。その湧水によって苔も豊かに育っていったのであろう。そして庭の一角に観世音菩薩の仏像と久女の句碑が建立されている。

雨ふくむ淡墨桜みどりがち

昭和七年作

この桜は岐阜県根尾谷の「淡墨桜」のこと。樹齢千五百年にもなり、すぐ近くには安政大地震の折の根尾谷断層が今日もある。枝々は数十本、杖のような太木で支えられている。久女はこの桜を詠んだ。

その名の通り花の終りに近づくと、うすずみいろになって散るといわれている。さくら色が消えてうすずみになるという変化が痛ましく、雨をふくめば一層あわれをさそう。その雨をふくんだ淡墨桜を「みどりがち」と詠んだのは、久女の発見である。作家宇野千代が来訪、その素晴らしさに感嘆して天然記念物になった。

盆に盛る春菜淡し鶴料理《りょう》る

昭和四年作

歴史書には織田信長、豊臣秀吉、徳川家康などへの献上品として鶴は食する為の贈答に使われたという記述がある。彼らはその土地の名物として鶴を受け取り料理させた。かつては一般庶民が食べるということはほとんどなかった鶴の料理だった。久女はその鶴の料理の席に加わったというのである。

盆に盛られた春の菜はまだその色も淡い。その春菜はメインの鶴に添えられている。久女は鶴の料理についてそれ以上語っていない。おいしかったのであろうか。

藁づとをほどいて活けし牡丹かな

昭和八年作

藁づとに包まれて届けられた牡丹の花を珍重の思いをもってゆっくりとほどくときの心のたかぶりが伝わってくる一句である。牡丹の花の色について、あるいは花の大きさや匂いなどについては一切ふれていない。けれども牡丹の花の様子は推し量られる。牡丹の持っている花弁のおおらかさ、やわらかな量感は上五から中七の表現でよく見えてくる。あまり多くを語らずに読者の想像にまかせた。

紫陽花に秋冷いたる信濃かな

大正九年作

91

五月雨の降り続く頃に咲く紫陽花は現代の感覚でいえば六月の花である。七変化とも、四葩《よひら》ともいう。しかし信濃路にあっては夏から秋まで咲く。太平洋側では花の咲いたあとは枯れてしまうのだが、信濃では霜を帯びて紅葉し美しい風情をみせる。久女は松本へ行って紫陽花を見た。夏に咲く紫陽花と思っていたのに秋冷となってもこのように美しさを保っている、という久女の発見でもあった。久女の代表句の一つに数えられる。「かな」のおさまりも見事である。私は木曽駒ヶ岳の山荘の庭で毎年この紫陽花を見ている。この句は松本の城山公園に句碑となっている。

忘れめや実葛の丘の榻二つ

昭和四年作

「橋本多佳子氏と別離」と前書がある。橋本多佳子には久女が俳句を教えたのであるが、ある時から多佳子は山口誓子に学ぶようになった。私も山口誓子に学んだので晩年の橋本多佳子には十回以上お目にかかっている。この句は、櫓山荘へ何十回と通って多佳子と向かい合い俳句を指導した日々であったが遂に別離の日は来てしまった、忘れることのない櫓山荘の実葛の丘には今も榻《とう》(長椅子)が二つそのままにある、という句意。「忘れめや」に久女の懐旧の思いの深さを知る。

菱摘みし水江やいづこ嫁菜摘む

昭和八年作

93

このごろ見かけなくなった植物の一つである菱は池や沼の底に根をおろし水面に菱形の光沢のある葉を浮ばせる夏の一年草である。夏四弁の白花を咲かせる。秋にとげのある実をむすぶ。実は食用にする。万葉集にすでに詠まれていることを久女は知っていたか。菱の生えている水江はどこにあるのだろうと思いめぐらしながら目の前にある嫁菜を摘んでいるのだ。

水汲女に門坂急な避暑館

昭和八年作

「櫓山荘　一句」の前書がある。

久女は橋本多佳子邸の櫓山荘へ出かけて行って多佳子に俳句の指導をした。その時に、避暑館としても使われる櫓山荘で働いている水汲女が急な門坂の道を水を入れた桶を下げて登っていくのを見た。身を屈めまた身を反らして一所懸命に水を運んでいく。大変なことだ。あの若い女の体で――、と久女は水汲女を哀れみながら見ていたのだ。一昨年私も櫓山荘跡地を訪れ、その敷地の跡に立ってみた。坂の上であり、眼下に景色が広がっていた。

我いまだ帝都の秋の土踏まず

大正九年作

久女は小倉に住むようになって夢中のうちに月日を過す。長女昌子、次女光子を育てながら俳句にも打ち込んだ。作品には昌子病気、とか入院などの文字があり、その頃は昭和初期、戦前であるから薬材も乏しかった。一度東京へ行きたいと思っても果せない、の思いの一句。また「昭和十七年光子結婚式」の前書がある

鳥雲にわれは明日たつ筑紫かな

の句には、いよいよ明日は東京へ行く、という念願のこもった「鳥雲に」の季語に心おどりを見る。

鯛を料るに俎せまき師走かな

大正六年作

この句及び

皿破りし婢のわびごとや年の暮

冬の朝道々こぼす手桶の水

へつつひの灰かき出して年暮るゝ

凩や流しの下の石乾く

の五句が大正六年（一九一七、二十七歳）ホトトギス台所俳句に載った。婦人十句集に拠って勉強していた頃である。女流俳句の源流といってもよい作品であり、現代俳人の八割は女性が占めているその出発を飾ったのだ。写実的で視点はしっかりしている。久女の才能を語る諸作である。

逆潮をのりきる船や瀬戸の春

昭和九年作

昭和七年（一九三二）七月ホトトギス雑詠欄にはじめての巻頭、同年十月同人推挙。昭和八年（一九三三）七月ホトトギス巻頭五句、昭和九年（一九三四）五月ホトトギス巻頭。充実した時であった。同じ年に中村汀女、本田あふひが同人に、昭和九年には久保より江が同人となった。昭和十一年（一九三六）十月、ホトトギスに久女に対する除籍広告が掲載された。理由不明。納得しがたい衝撃的出来事であった。

逆潮をのりきる思いに元気溌溂であった久女の消沈は推して知るべしであった。

板の如き帯にさゝれぬ秋扇

大正八年作

久女自身が丸帯を締めて正装をしている折の実感である。嫁入道具として華やかにしつらえてもらった紋付に丸帯。金銀の糸によって織りあげられた豪奢な丸帯を締めたその張りのある質感を「板の如き」と表現した。そこに仕上げとしてさした秋扇。秋の澄んだ空気がいっそうの華やかさをかもし出す。

山茶花の紅つきまぜよゐのこ餅

大正十五年
（昭和元年）作

「ゐのこ餅」は冬の季語。旧暦十月亥の日に餅を搗いて祝う。かつては宮中や武家で行った。稲の収穫祭と結びつき、猪が多産であることから子孫繁栄、豊穣祈願などに係り、今日でも岐阜にこの風習は残されている。この句はある歳時記の「亥の子」の項に載っている。

山茶花の紅の花びらを餅の中へつきまぜよという呼びかけで、うす紅いろの美しい餅ができ上るという意味。実際山茶花を混ぜたかどうかは定かではない。

けふの糧に幸足る汝や寒雀

制作年不詳

庭先へ来て遊ぶ寒雀に向い、語りかけている久女。寒雀よ、庭先へ来ているお前たちは餌を一所懸命食べているが、それで充ち足りているか、と問いかけている。

その問いかけの背後には、自身への問いがひそんでいる。私は日常の日々の糧のみで満足しているのだろうか、と。

この問いは、きっと久女の生涯を貫いていたのではないだろうか。

久女の俳句と生涯の展望——その不朽の感性と芸術感

歳月は流れ、久女没後七十三年を閲した。毎年、久女の命日には北九州市小倉北区円通寺に於て遺族、関係者、久女ファンが集って「久女忌」が営まれる。杉田宇内の実家の地、愛知県豊田市小原町では、毎年秋、九月に杉田久女顕彰俳句大会（現在の呼称、「おばら杉田久女俳句会」）が行われている。此処では、久女、宇内の魂の安らかに眠りませと、ひたすら祈り、久女の生涯を静かに語り継いでいる。

時代は移り、世情も変り、女性の発言力も格段と強くなり、アイデンティティーも認められ、自己の思い通りに発言し、立派に俳句一筋に生きている人も少くない。何一つ束縛のないところで俳句を楽しんでいる人も多い。

久女が生存した百年前の、前近代性に驚きの声をあげる人も少くないであろう。

ここで久女の生涯について要点を述べてみよう。

一八九〇年（明治二十三）〇歳。五月三十日鹿児島生。父赤堀廉蔵、母さよの三女。本名　久。五歳で父の転勤に伴い沖縄、那覇に。七歳で那覇の小学校に入学、のち台湾に転居。

一九〇二年（明治三十五）十二歳。お茶の水女子大学附属高女入学。十七歳同校本科卒業。

一九〇九年（明治四十二）十九歳。杉田宇内と結婚。宇内の家は小原村の江戸時代からの旧家、大地主で小原の山は殆んど杉田家のもの。今日ではゴルフ場になってしまった。宇内の父は県会議員も務めた名望家で、宇内はその時代よくぞ東京美術学校（現東京藝大）へ進学したものと思う。西洋画科卒業、同研究科退学後、福岡県立小倉中学（現小倉高校）図画教諭として小倉に赴任した。

一九一一年（明治四十四）二十一歳。杉田の実家で長女昌子出生。

一九一六年（大正五）二十六歳。二女光子出生。次兄赤堀月蟾より習い、俳句をはじめる。

一九一七年（大正六）二十七歳。ホトトギスにて虚子台所雑詠をすすめる。〈鯛を料るに俎せまき師走かな〉、虚子に初めて会う。虚子はこの句を評価。

一九一八年（大正七）二十八歳。ホトトギス入選。

一九一九年（大正八）二十九歳。〈花衣ぬぐや纏る紐いろ〳〵〉など六句入選。この句を虚子激賞。このころ中村汀女と文通をはじめる。

一九二二年（大正十一）三十二歳。〈足袋つぐやノラともならず教師妻〉この句がもとで家庭不和。教会で宇内と受洗。橋本多佳子に俳句指導。

一九二九年（昭和四）三十九歳。「天の川」婦人俳句欄選者。ホトトギス四百号記念第三回関西俳句大会へ橋本多佳子と出席。

一九三一年（昭和六）四十一歳。「日本新名勝俳句」で〈谺して山ほととぎすほしいまゝ〉帝国風景院賞入選。金牌賞。〈橡の実のつぶて颪や豊前坊〉が銀牌賞受賞。十万三千余句からの栄誉。

一九三二年（昭和七）四十二歳。主宰誌「花衣」創刊。ホトトギス七月号〈無憂華の木蔭はいづこ仏生会〉以下五句初巻頭。十月号同人推挙。

一九三三年（昭和八）四十三歳。巻頭。

一九三六年（昭和十一）四十六歳。同人削除。

久女の経歴に於る最大の山場に以下のような事柄がある。

即ち、昭和六年四十一歳　新名勝俳句でトップ。昭和七年初巻頭。十月号でホトトギス同人に。昭和十一年四十六歳　同人削除。誌上に於て、同人にと発表されて四年後に理由もなく、同人削除。

この重大なる一件は久女の人生に混乱を起し、俳人としての自意識を打ちのめし、前途を攪乱した。

このような結論を虚子大人がくださねばならなかった理由はどこにあったのであろうか。虚子自らのことばで文字で広く世人を納得させるべき方法がとられていたならば、どれだけ多くの人々が救われたであろうか。

「久女は近代の女流俳句の勃興期に登場した。具体的にいえば、高浜虚子が始めた『ホトトギス』の婦人俳句に登場し、一挙にその先頭に立ったとき、実は虚子の代表する男の俳句に肩を並べていた。いや、もしかしたら虚子より先へ出ていたかもしれない。」

（北九州市立文学館文庫別冊「杉田久女頌」　坪内稔典「魂に宝玉をちりばめよ」より）

「推敲を重ねた久女の句は、端正で、格調高く、句柄が大きい。」

（坂本宮尾著『久女の創作と小倉』より）

久女が俳句にいのちをかけて自己表現の手だてをわがものとした頃、社会全体は大正デモクラシーの動きに敏感に反応した。久女もこの社会状況をキャッチして表現者としての活動をひろげていった。久女の句風に対して「清艶高華」との表現によって評価した虚子であった。久女俳句の頂点の確立期であった。

近代俳壇史の流れ、即ち俳壇全体の本流という視点に立って、今迄述べてきた昭和初期から昭和十四、五年にスポットを当てて語るならば次の通りである。

大正十一年ごろからホトトギスの巻頭を取り脚光を浴びたのは鈴木花蓑であった。毎月のように巻頭を取った。あちらこちらの選句も依頼されたり、講演にも行ったりした。彼は虚子の客観写生の理論を実作上に具現して、虚子に大きく評価された。昭和二、三年になると東大俳句会の客員として参加。水原秋桜子、山口誓子、高野素十、阿波野青畝など、四Sの指導をして、四S出現の母胎の役を果した花蓑であった。ホトトギス同人に指名されたのは昭和四年であった。

花蓑は裁判所勤務で実直な俳人であり、虚子と共に吟行に出て得た凝視の利いた写生句は、その時代の代表句として残っている。同時代の二人を並べてみることは、久女の鋭さ、魂の覚醒による感性と美意識、万葉集を読んで得た古典の素養などを生かした清艶高華なる句業を思うと、おもしろい比較となるのではないか。


最盛期を過ぎた久女は懊悩の淵にあった。虚子に認められ、俳句に覚醒して自己変革への道を歩み、俳句史に於る未踏の領域まで到達して作品化した。自己の力で歩を進めて、魂の覚醒によってかえって苦しめられた久女であった。

現代という時代にもし久女が生きていたとしたら、どのように彼女の感性、芸術性は開花したことであろうか。

あくまでも虚子を師と仰ぎ、同人削除ののちも虚子を慕う久女。

「すでに『ホトトギス』を出て『馬酔木』を立てていた水原秋桜子は久女を誘ったが、それでもなお虚子を敬慕していた久女は固辞。俳句への志もすこしずつ衰えて、敗戦の翌年一九四六年一月の寒中、窮死する。生前の久女が願ってやまなかった虚子の序文付きの句集は、長女昌子の懇望によって没後六年にしてやっと日の目を見た。虚子は久女の句を『清艶高華』と賞めるが、かつての自分の態を正当化するために久女狂気説をでっちあげる。――中略――同人除名や狂気説で対抗しなければやりきれなくなる強烈さが彼にあったにちがいない。そんな事情が聡明な久女に読めなかったとは思えない。読めてもなお突進しつづけなければやまない内面の衝迫を久女は持っていた。それは俳句の神に熱愛されている証拠であり、彼女の天才の証明でもあろう。——中略——俳句の神に愛された窮極の結果は俳句作品以外の何ものでもないからだ。（傍点筆者）」

（高橋睦郎著『久女頌』より「俳句の神に愛されて　久女のこと」）

（筆者注　昭和六年、はなばなしく活躍していた四Sの筆頭水原秋桜子は〝自然の真と文芸上の真〟を書いてホトトギスを離脱して馬酔木を創刊した。その時秋桜子の意識下には久女の清新なる詩情と明確潑溂たる俳句作品への興味があったにちがいない。故に久女に誘いのことばをかけたのだった。）

このような評論が出てきて私たち久女の作品の読者は本当によかったとの思いが強い。

即ち、この視点に立って一生をかけて母久女の生涯を正当に、後世の人々に評価して読んで貰いたい、との一途の思いから自己の力の限りを尽して久女復活の為に活動したのが久女の長女、石昌子であった。母の真実から離れた伝説を打ち消し、久女の真実を認めてやって欲しいとの切なる願いがあった。われわれはその一部始終を把握することによって、歴史の複雑な曲線を眺めてその時代性を理解し、久女に対する視点の冷やかさがあった事実に立ち、現代人として、創生期の俳句界の苦悩を理解するおおらかさを持ちたい、とひたすらに思う。

久女の実像は、夫を愛し、子を愛し、家庭を愛し、数々の名句を残した。俳句作品鑑賞によって述べてきたとおりである。

杉田の実家は現在も豊田市松名町（旧小原村松名）にあり、今年も門前のしだれ桜の大木が立派に花を咲かせている。その家は久女の孫、石太郎、石重男のうち二男の重男が受け継ぎ、重男が杉田家の当主となっている。石太郎は、俳人として活動をしている。

年号も令和となって、月日の歯車が新しく廻りはじめた。ここでもう一つ文字にしておきたいことは、久女の句集出版が難航して、生前の久女の手に渡し得なかったことが、近親の者たちの最大の悲しみであったということだ。

その一部始終が継時的に現在も明らかに文字に残っている。出版の費用については明らかにされていない。

少し歴史を戻してみる。久女がホトトギスに最後に作品を発表したのは昭和十三年七月号であった。その時点で久女は自作をまとめて句集原稿として出版を希望していたがすべて絶望的であることを知った。

ちなみに、長谷川かな女、中村汀女、星野立子、竹下しづの女の句集には虚子が、橋本多佳子の句集には山口誓子が序文を寄せている。

昭和十九年七月、娘昌子に「もし句集を出せる機会があったら、死んだ後でもいいから忘れないで」と伝える。空襲警報のたびに久女は句稿や原稿を風呂敷に包んで防空壕に避難した。

昭和二十年（一九四五）十月末、太宰府の県立筑紫保養院に入院。翌年、一月二十一日、腎臓病悪化のため逝去。享年五十五。杉田の実家、愛知県西加茂郡小原村（現在は豊田市）で本葬。納骨。裏山の墓地へ葬られた。

戒名は無憂院釈久欣妙恒大姉。

昭和二十七年『杉田久女句集』（角川書店刊、序文高浜虚子）刊行。

私自身のことを少しお話ししたい。私が久女の俳句を知ったのは山本健吉著『現代俳句』で昭和二十八年のことであった。そして昭和四十一年私自身の第一句集『光の束』を出版。その装幀に小原和紙を使いたいと思った。小原和紙というのは戦時中小原村に疎開していた工芸家　藤井達吉が小原村の青年達に楮を育てさせて和紙工芸の指導をした。戦後の工芸として小原和紙は大いに発展をして、日展にも和紙などを含めた工芸美術部門がある。作品は国内に、海外に人気を博すようになった。句集の装幀に使う和紙を製作して貰うことになって小原村の工芸家の宅を何度も訪れた際、小原村に杉田久女が眠っていることを知り、墓地を訪ね参詣したのは昭和四十一年五月のことであった。そのことを当時、俳人協会草間時彦氏に話したところ大いに驚かれ、是非小原村を訪ねたいとの御希望に従って、一月二十一日の命日に草間氏の講演と追悼句会を開き、以降十年間欠かさず催した。名古屋から観光バス一台、供華を携えて笹会員は参加した。それから月日は流れたが平成二十四年九月、小原村の有志が久女顕彰俳句大会を立上げ令和元年九月、第八回を催す段取りとなっている。遺族代表石太郎氏も毎回参加、私も毎回講演をしたり投句作品の選句をしている。ともあれ、杉田家の嫁として小原村の土を踏んだ久女は、小原村の土となって杉田宇内と並んで永遠に眠っている。

生まれながらに持っていた実力を、俳句人生の活動の上に表しきれなかった久女。久女の芸術性を理解してもらうために奮闘した娘昌子。最終的に果した宇内の適切なる処置。混乱状況の中で精一杯真摯に生きた一族。九州小倉に縁があったことから久女を正当に評価した北九州市立文学館の人々。月日は百代の過客として移り変るこの必然に立って私は、この一書を若き俳句実作者の皆さんへの贈りものとしたい。

令和元年立夏

付記

百句の編集については、いくつかの句集その他の関連書があるのであえて時系列的に並べることをしなかった。久女の作品が読者に新鮮に伝わるように読み物的に百句を並べてみたつもりである。久女の作品のすばらしさの一端にふれてもらえたら幸いである。

初句索引

あ行

秋来ぬと……144
秋雨や……126
秋晴や……118
朝顔や……124
浅間曇れば……98
紫陽花に……184
雨ふくむ……178
活くるひま……70
板の如き……198
揖斐川の……62
色褪せし……48
海ほほづき……170
襟巻に……60
縁側に……136
大釜の……166
大嶺に
—こだます鶴の……54
—歩み迫りぬ……72
訪れて……94
下りたちて……38

か行

かき時雨れ……40
風に落つ……84
仮名かきうみし……114
灌沐の……104
戯曲よむ……80
菊薫り……152
菊干すや……162
きこえくる……16
茸やく……146
岐阜提灯……100
けふの糧に……202
栗むくや……8
玄海に……138
玄海の……66
冴して……26
東風吹くや……102

さ行

逆潮を……196
咲き移る……154
防人の……34
笹づとを……88
山茶花の……200
砂糖黍……172
早苗束……156
春愁の……90
春潮に……12
新茶汲むや……30
簀戸たてゝ……44
その中に……10

た行

大輪の……122
鯛を料るに……194
高嶺星……158
炊き上げて……92
田鶴舞ふや……36
足袋つぐや……24
探梅に……14
棲とりて……22
露草や……120
常夏の……168
橡の実の……28

な行

茄子もぐや……134
夏雨に……6
丹の欄に……46
入学児に……106
ぬかづけば……78
葱植うる……42
軒の足袋……76

は行

葉鶏頭の……130
函を出て……140
花衣……4
春寒や……56
春の灯に……132
春の夜の……108
晩涼や……64
菱摘みし……188
ひとでふみ……174
雛愛し……112
ひろげ干す……164
吹き習ふ……18
船板に……74
冬晴の……150
故里の
―藁屋の花を……96
―小庭の菫……148
ふわと寝て……58
舳先細く……128
ホ句のわれ……32
盆に盛る……180

ま行

松の根の……176
みがかれて……116
水汲女に……190
水疾し……20
虫干や……110
むれ落ちて……86

や行

山馴れで……142
夕顔に……52
遊船の……68

ら行

竜胆も……160

わ行

わが蒔いて……50
忘れめや……186
藁づとを……182
我いまだ……192
われにつきゐし……82

著者略歴

伊藤敬子（いとう・けいこ）

1935年愛知県生まれ。俳人、文学博士。日本文藝家協会会員。公益社団法人俳人協会評議員。俳人協会愛知県支部長。愛知県立旭丘高等学校在学中より山口誓子、加藤かけいに師事。「笹」主宰。評論『写生の鬼鈴木花蓑』で新美南吉文学賞。句集『百景』で山本健吉文学賞。愛知県芸術文化選奨文化賞など受賞。句集『光の束』『初富士』『年魚市潟』連句集『続 冬の日』など著書多数。中日文化センター、NHK文化センター講師。

発　行　二〇一九年九月二五日　初版発行
著　者　伊藤敬子
© 2019 Keiko Ito
発行人　山岡喜美子
発行所　ふらんす堂
〒182-0002　東京都調布市仙川町一―一五―三八―2F
TEL（〇三）三三二六―九〇六一　FAX（〇三）三三二六―六九一九
URL http://furansudo.com/　E-mail info@furansudo.com

杉田久女の百句

振　替　〇〇一七〇―一―一八四一七三
装　丁　和　兎
印刷所　日本ハイコム㈱
製本所　三修紙工㈱
定　価＝本体一五〇〇円＋税
ISBN978-4-7814-1224-5　C0095　¥1500E
乱丁・落丁本はお取替えいたします。